Modsatte sider

Modsatte sider

ALDIVAN TORRES

Canary Of Joy

CONTENTS

1 | 1

1

Modsatte sider
     Aldivan Teixeira Torres
Modsatte sider
Forfatter: Aldivan Teixeira Torres
© 2017- Aldivan Teixeira Torres
Alle rettigheder forbeholdes

Denne bog, inklusive alle dens dele, er beskyttet af ophavsret og kan ikke reproduceres uden Autors tilladelse, videresælges eller overføres.

_Kort biografi: Aldivan Teixeira Torres skabte serien seeren, lysets sønner, poesi og manuskripter. Hans litterære karriere startede i slutningen af 2011 med offentliggørelsen af hans første romantik. Uanset årsag stoppede han med at skrive, men genoptog kun sin karriere i anden halvdel af 2013. Siden da stoppede han aldrig. Han håber, at hans forfatterskab vil bidrage til brasilianske kultur og vække glæden ved at læse hos dem, der endnu ikke har vanen. Hans motto er "For litteratur, lighed, broderskab, retfærdighed, værdighed og mennesket ærer for evigt".

"Himlenes rige er som en mand, der såede godt frø i marken. En nat, da alle sov, kom hans fjende og såede ukrudt blandt hveden og flygtede. Da hveden voksede, og ørerne begyndte at danne sig, så dukkede også ukrudtet op. Medarbejderne ledte efter ejeren og sagde til ham. "Sir, såede du ikke godt frø i din mark? Hvorfra kom da ukrudtet?" Ejeren svarede: "'Var en fjende, der har gjort dette." Medarbejderne spurgte: "Skal vi trække ukrudtet ud?" Ejeren svarede: "Lade være med. Det kan være, at når du trækker ukrudtet op med jorden, får du også hveden. Lad det vokse sammen indtil høsten. Og på høsttidspunktet vil jeg sige: Start først med ukrudtet og bind det i bundter, der skal brændes. Saml derefter hveden i min lade. "Mattæus 13: 24"30.

En ny æra
Det hellige bjerg
Hytten
Den første udfordring
Den anden udfordring
Bjergets spøgelse
Afgørende dag
Den unge pige
Skælven
En dag før den sidste udfordring
Den tredje udfordring
Fortvivlelsens hule
Miraklet
Forlader hulen
Genforeningen med værgen
Sig farvel til bjerget
En rejse tilbage i tiden

En ny æra

Efter et mislykket forsøg på at udgive en bog føler jeg min styrke genoprette og styrke. Når alt kommer til alt, tror jeg på mit talent, og jeg har tro på, at jeg vil opfylde mine drømme. Jeg lærte, at alt sker i sin egen tid, og jeg tror, at jeg er moden nok til at realisere mine mål. Husk altid: Når vi virkelig vil have noget, konspirerer verden for at få det til at ske. Sådan føler jeg mig: fornyet med styrke. Når jeg kigger tilbage, tænker jeg på de værker, som jeg læste for længe siden, hvilket bestemt berigede min kultur og min viden. Bøger bringer os gennem atmosfærer og universer, der er ukendte for os. Jeg føler, at jeg har brug for at være en del af denne historie, den store historie, der er litteratur. Det betyder ikke noget, om jeg forbliver anonym eller bliver en stor forfatter, der er anerkendt over hele verden. Hvad der er vigtigt er det bidrag, som hver enkelt giver til dette store univers.

Jeg er glad for denne nye holdning og forbereder mig på at tage en stor rejse. Denne rejse vil ændre min skæbne og også skæbnen for dem, der tålmodigt kan læse denne bog. Lad os gå sammen i dette eventyr.

Forberedelser

Jeg pakker min kuffert med mine personlige genstande af største betydning: Noget tøj, nogle gode bøger, mit uadskillelige krucifiks og bibel og noget papir at skrive. Jeg føler, at jeg vil få en masse inspiration fra denne rejse. Hvem ved, måske bliver jeg forfatter til en uforglemmelig historie, der går ind i historien. Inden jeg går, skal jeg dog farvel farvel til alle (især min mor). Hun er overbeskyttende og vil ikke lade mig gå uden en god grund eller i det mindste med et løfte om, at jeg snart kommer tilbage. Jeg føler, at jeg bliver nødt til en dag at råbe af frihed og flyve som en fugl, der har skabt sine egne vinger ... og hun bliver nødt til at forstå dette, fordi jeg ikke tilhører hende, men snarere til univers, der bød mig velkommen uden at kræve noget af mig til gengæld. Det er for universet, at jeg har besluttet at blive forfatter og udfylde min rolle og udvikle mit talent. Når jeg ankommer ved slutningen af vejen og har lavet noget af mig selv, vil jeg være klar til at gå i fællesskab med skaberen og lære en ny plan. Jeg er sikker på, at jeg også vil have en særlig rolle i det.

Jeg griber fat i min kuffert og med dette føler jeg angst stige op i mig. Spørgsmål kommer til at tænke og forstyrre mig: Hvordan vil denne rejse være? Vil det ukendte være farligt? Hvilke forholdsregler skal jeg tage? Det jeg ved er, at det vil være tankevækkende for min karriere, og jeg er villig til at gøre det. Jeg tager fat i min kuffert (igen) og inden jeg rejser, søger jeg min familie for at sige farvel. Min mor er i køkkenet og forbereder frokost med min søster. Jeg kommer tæt og tager fat på det afgørende spørgsmål.

"Se du denne taske? Det vil være min eneste ledsager (undtagen dig, læsere) på en rejse, som jeg er parat til at tage. Jeg søger visdom, viden og glæde ved mit erhverv. Jeg håber, at I begge forstår og godkender den beslutning, jeg har taget. Komme; Giv mig et knus og gode ønsker.

"Min søn, glem dine mål, fordi de er umulige for fattige mennesker som os. Jeg har sagt tusind gange: Du vil ikke være et idol eller noget lignende. Forstå: Du blev ikke født til at være en stor mand " sagde Julieta, min mor.

"Lyt til vores mor. Hun ved hvad hun taler om og har helt ret. Din drøm er umulig, fordi du ikke har talent. Accepter, at din mission bare er at være en simpel matematiklærer. Du kommer ikke længere end det " sagde Dalva, min søster.

" Så ingen knus? Hvorfor tror I ikke, at jeg kan få succes? Jeg garanterer dig: Selvom jeg betaler for at realisere min drøm, vil jeg få succes, fordi en stor mand er den, der tror på sig selv. Jeg vil tage denne rejse, og jeg vil opdage alt, hvad der er at afsløre. Jeg bliver glad, fordi lykke består i at følge den vej, som Gud oplyser rundt omkring os, så vi bliver vindere.

Når det er sagt, retter jeg mig mod døren med sikkerhed for, at jeg bliver en vinder på denne rejse: rejsen, der fører mig til ukendte destinationer.

Det hellige bjerg

For længe siden hørte jeg om et ekstremt ugæstfrit bjerg i området Pesqueira. Det er en del af bjergkæden Ororubá (oprindeligt navn), hvor de indfødte Xukuru-folk bor. De siger, at det blev helligt efter døden af en mystisk medicinmand fra en af Xukuru-stammerne. Det er i stand til at gøre ethvert ønske til virkelighed, så længe hensigten er ren og oprigtig. Dette er udgangspunktet for min rejse, hvis mål er at gøre det umulige muligt. Tror du læsere? Bliv så hos mig og vær særlig opmærksom på fortællingen.

MODSATTE SIDER

Efter motorvejen BR-232, der når kommunen Pesqueira, cirka 15 km fra centrum, ligger Mimoso, en af dens distrikter. En moderne bro, der for nylig er bygget, giver adgang til det sted, der ligger mellem bjergene i Mimoso og Ororubá, badet af Mimoso floden, der løber til bunden af dalen. Det hellige bjerg er nøjagtigt på dette tidspunkt, og det er her, jeg kører.

Det hellige bjerg ligger ved siden af distriktet, og på kort tid er jeg ved foden af det. Mit sind vandrer gennem rummet og fjern tid og forestiller mig ukendte situationer og fænomener. Hvad venter mig, når jeg bestiger dette bjerg? Disse vil helt sikkert være genoplivende og stimulerende oplevelser. Bjerget er af kort statur. Og med hvert trin føler jeg mig mere selvsikker, men også forventningsfuld. Minderne kommer til at tænke på intense oplevelser, som jeg har levet i mine 26 år. I denne korte periode var der mange fantastiske begivenheder, der fik mig til at tro, at jeg var speciel. Efterhånden kan jeg dele disse minder med jer, læsere, uden skyld. Dette er dog ikke tiden. Jeg vil fortsætte op ad bjergstien på jagt efter alle mine ønsker. Dette er hvad jeg håber, og for første gang er jeg træt. Jeg har rejst halvdelen af ruten. Jeg føler ikke fysisk udmattelse, men hovedsagelig mental på grund af mærkelige stemmer, der beder mig om at gå tilbage. De insisterer ganske lidt. Jeg giver dog ikke let op. Jeg vil nå toppen af bjerget for alt, hvad det er værd. Bjerget ånder for mig med forandringsluft, der udstråler for dem, der tror på dets hellighed. Når jeg kommer derhen, tror jeg, jeg vil vide nøjagtigt, hvad jeg skal gøre for at nå den sti, der fører mig gennem denne rejse, som jeg har ventet på så længe. Jeg holder min tro og mine mål, fordi jeg har en Gud, der er det umuliges Gud. Lad os fortsætte med at gå.

Jeg er allerede gået tre fjerdedele af stien, men jeg bliver stadig jaget af stemmerne. Hvem er jeg? Hvor skal jeg hen? Hvorfor føler jeg, at mit liv vil ændre sig dramatisk efter oplevelsen på bjerget? Bortset fra stemmerne ser det ud til at jeg er alene på vej. Kan det være, at andre forfattere har følt det samme gå hellige stier? Jeg tror, at min mystik vil være ulig nogen anden. Jeg er nødt til at fortsætte, jeg er nødt til at overvinde og modstå alle forhindringer. Torne, der skader min krop, er ekstremt farlige for mennesker. Hvis jeg overlever denne opstigning, ville jeg allerede betragte mig selv som en vinder.

Trin for trin er jeg tættere på toppen. Jeg er allerede kun et par meter væk fra det. Den sved, der løber ned ad min krop, ser ud til at være indlejret i bjergets hellige dufte. Jeg stopper lidt op. Vil mine kære være bekymrede? Nå, det betyder virkelig ikke noget nu. Jeg er nødt til at tænke på mig selv i øjeblikket for at komme til toppen af bjerget. Min fremtid afhænger af den. Bare et par skridt mere, og jeg når toppen. En kold vind blæser, plagede stemmer forvirrer mit ræsonnement, og jeg har det ikke godt. Stemmerne råber:

"Han lykkedes, han tildeles! "Er han endda værdig? "Hvordan formåede han at bestige hele bjerget? Jeg er forvirret og svimmel; Jeg tror ikke, jeg har det godt.

Fugle græder, og solstråler kærtegner mit ansigt i sin helhed. Hvor er jeg? Jeg har det som om jeg var blevet fuld dagen før. Jeg prøver at rejse mig, men en arm forhindrer mig. Jeg ser, at der er en middel aldrende kvinde ved siden af mig med rødt hår og garvet hud.

"Hvem er du? Hvad skete der med mig? Hele min krop gør ondt. Mit sind føles forvirret og vagt. Årsager det at være på toppen af bjerget? Jeg tror, at jeg burde have været i mit hus. Mine drømme har ansporet mig til dette punkt. Jeg klatrede langsomt op på bjerget, fuld af håb om en bedre fremtid og en retning mod personlig vækst. Imidlertid kan jeg praktisk talt ikke bevæge mig. Forklar alt dette for mig, jeg beder dig.

"Jeg er bjergets vogter. Jeg er Jordens ånd, der blæser her og videre. Jeg blev sendt her, fordi du vandt udfordringen. Vil du gøre dine drømme til virkelighed? Jeg vil hjælpe dig med det, Guds barn! Du har stadig mange udfordringer at klare. Jeg vil forberede dig. Vær ikke bange. Din Gud er med dig. Hvil lidt. Jeg kommer tilbage med mad og vand for at imødekomme dine behov. I mellemtiden skal du slappe af og meditere som du altid gør.

Når det er sagt, forsvandt damen fra min vision. Dette foruroligende billede efterlod mig mere bekymret og fuld af tvivl. Hvilke udfordringer skulle jeg vinde? Hvilke trin bestod disse udfordringer i? Toppen af bjerget var virkelig et meget flot og roligt sted. Højt op kunne man se den lille by bygning af huse i Mimoso. Det er et plateau fyldt med stejle stier fulde af vegetation på alle sider. Dette hellige sted, uberørt af naturen, ville det virkelig gennemføre mine planer? Ville det gøre mig til en forfatter ved min afrejse? Kun tiden kunne besvare disse spørgsmål. Da kvinden tog et stykke tid, begyndte jeg at meditere på toppen af bjerget. Jeg brugte følgende teknik: For det første rydder jeg mit sind (fri for tanker). Jeg begynder at komme i harmoni med naturen omkring mig og overvejer mentalt hele stedet. Derfra begynder jeg at forstå, at jeg er en del af naturen, og at vi er fuldt indbyrdes forbundne i et stort fællesskabsritual. Min stilhed er stilheden fra Moder Natur; mit råb er også hendes råb; Gradvist begynder jeg at føle hendes ønsker og forhåbninger og omvendt. Jeg føler hendes nødlidende råb om hjælp, der beder om, at hendes liv skal reddes fra menneskelig ødelæggelse: Skovrydning, overdreven minedrift, jagt og fiskeri, emission af forurenende gasser til atmosfæren og andre menneskelige grusomheder. Ligeledes lytter hun til mig og støtter mig i alle mine planer. Vi er helt sammenlåste under min meditation. Al harmoni og medvirken har efterladt mig helt stille og koncentreret om mine ønsker. Indtil noget ændrede sig: Jeg følte den samme berøring, der engang vækkede mig. Jeg åbnede øjnene langsomt og så, at jeg var ansigt til ansigt med den samme kvinde, der kaldte sig vogteren for det hellige bjerg.

"Jeg ser, at du forstår hemmeligheden ved meditation. Bjerget har hjulpet dig med at opdage lidt af dit potentiale. Du vil vokse på mange måder. Jeg hjælper dig under denne proces. Først beder jeg dig om at henvende dig til naturen for at finde bjælker, lameller, rekvisitter og linjer for at opføre en hytte, derefter brænde for at lave et bål. Natten nærmer sig allerede, og du er nødt til at beskytte dig mod de vildtlevende dyr. Fra og med i morgen vil jeg lære dig skovens visdom, så du kan overvinde den virkelige udfordring: Fortvivlelsens hule. Kun de rene af hjertet overlever analysens ild. Vil du gøre dine drømme til virkelighed? Betal derefter prisen for dem. Universet giver ikke noget gratis til nogen. Det er os, der skal være værdige for at opnå succes. Dette er en lektion, du skal lære, min søn.

"Jeg forstår. Jeg vil forhåbentlig lære alt, hvad jeg har brug for at overvinde hulens udfordring. Jeg aner ikke hvad det er, men jeg er sikker. Hvis jeg overvinder bjerget, vil jeg også få succes i hulen. Når jeg rejser, tror jeg, at jeg vil være parat til at vinde og have succes.

"Vent, vær ikke så selvsikker. Du kender ikke den hule, som jeg taler om. Ved, at mange krigere allerede er blevet prøvet af dens ild og blev ødelagt. Hulen viser ingen medlidenhed med nogen, ikke engang drømmere. Hav tålmodighed og lær alt, hvad jeg vil lære dig. Således bliver du en rigtig vinder. Husk: Selvtillid hjælper, men kun med den rigtige mængde.

"Jeg forstår. Tak for alle dine råd. Jeg lover dig, at jeg vil følge det indtil slutningen. Når tvivlens fortvivlelse tømmer mig, vil jeg minde mig selv om dine ord og også minde mig selv om, at min Gud altid vil frelse mig. Når der ikke er nogen flugt i sjælens mørke nat, er jeg ikke bange. Jeg vil slå fortvivlelsens hule, den hule, som ingen nogensinde har undsluppet!

Kvinden sagde farvel i mindelig lovende tilbagevenden en anden dag.

Hytten

En ny dag vises. Fugle fløjter og synger deres melodier, vinden er nordøst, og dens brise blødgør solen, der stiger voldsomt varmt denne årstid. I øjeblikket er det december, og for mig er denne måned en af de smukkeste måneder, da det er begyndelsen på skoleferie. Det er en velfortjent pause efter et langt år dedikeret til studier i et kollegium i matematik; I det øjeblik du kan glemme alle integraler, derivater og polære koordinater. Nu er jeg nødt til at bekymre mig om alle de udfordringer, som livet vil kaste på mig. Mine drømme afhænger af det. Min ryg gør ondt som et resultat af en dårlig nattesøvn liggende på den slagne jord, som jeg forberedte som en seng. Hytten, som jeg byggede med en utrolig indsats, og ilden, som jeg tændte, gav mig en vis sikkerhed om natten. Dog hørte jeg hyl og fodspor uden for det. Hvor har mine drømme ført mig? Svaret er til slutningen af den verden, hvor civilisationen endnu ikke er ankommet. Hvad ville du gøre, læser? Ville du også risikere en tur for at gøre dine dybeste drømme til virkelighed? Lad os fortsætte fortællingen.

Indpakket i mine egne tanker og spørgsmål, vidste jeg ikke, at den mærkelige dame ved min side var, der lovede at hjælpe mig på vej.

"Har du sovet godt?

"Hvis det godt betyder, at jeg stadig er hel, ja.

"Før noget, må jeg advare dig om, at jorden, du træder, er hellig. Lad dig derfor ikke vildlede af udseende eller af impulsivitet. I dag er din første udfordring. Jeg vil ikke bringe dig mere mad eller vand mere. Du finder dem på din egen konto. Følg dit hjerte i alle situationer. Du skal bevise, at du er værdig.

"Der er mad og vand i denne underbørste, og jeg skal samle det? Se, fru, jeg er vant til at shoppe i et supermarked. Ser du denne hytte? Det har kostet mig sved og tårer, og jeg tror stadig ikke, at det er sikkert. Hvorfor giver du mig ikke den gave, jeg har brug for? Jeg tror, at jeg har vist mig at være værdig det øjeblik, jeg besteg det stejle bjerg.

"Kig efter mad og vand. Bjerget er kun et skridt i processen med din åndelige forbedring. Du er stadig ikke klar. Jeg må minde dig om, at jeg ikke giver gaver. Jeg har ikke magt til at gøre det. Jeg er kun pilen, der angiver stien. Hulen er den, der imødekommer dine ønsker. Det kaldes en hule af fortvivlelse., som de søger, hvis drømme siden er blevet umulige.

"Jeg vil prøve. Jeg har intet andet at tabe. Hulen er mit sidste håb om succes.

Når det er sagt, rejser jeg mig og begynder den første udfordring. Kvinden forsvandt som røg.

Den første udfordring

Ved første øjekast ser jeg, at der er en slået vej foran mig. Jeg begynder at gå ned ad den. I stedet for hulen fuld af farer, ville det være bedre at følge stien. De sten, som mine trin fejer væk, synes at fortælle mig noget. Kan det være, at jeg er på den rette vej? Jeg tænker på alt, hvad jeg efterlod på jagt efter min drøm: Hjem, mad, rent tøj og mine matematiske bøger. Er det virkelig det værd? Jeg tror, jeg finder ud af det. (Det vil tiden vise). Den mærkelige kvinde synes ikke at have fortalt mig alt. Jo mere jeg gik, jo mindre fandt jeg. Toppen syntes ikke at være så omfattende nu, da jeg var ankommet. Et lys ... Jeg ser et lys fremad. Jeg er nødt til at tage derhen. Jeg ankommer til en rummelig lysning, hvor solens stråler tydeligt afspejler bjergets udseende. Stien slutter og genfødes i to forskellige stier. Hvad skal jeg gøre? Jeg har gået i timevis, og min styrke ser ud til at være opbrugt. Jeg sætter mig et øjeblik for at hvile. To stier og to valg. Hvor mange gange i livet står vi over for situationer som denne; Den iværksætter, der skal vælge mellem virksomhedens overlevelse eller opsigelsen af nogle medarbejdere; Den stakkels mor til baglandet i den nordøstlige del af Brasilien, som skal vælge, hvilken af hendes børn der skal fodres; Den utro mand, der skal vælge mellem sin kone og sin elskerinde; Under alle omstændigheder er der mange forskellige situationer i livet. Min fordel er, at mit valg kun påvirker mig selv. Jeg er nødt til at følge min intuition, som kvinden anbefalede.

Jeg rejser mig og vælger stien til højre. Jeg gør store fremskridt på denne vej, og det tager mig ikke lang tid at se endnu en clearing. Denne gang støder jeg på en pulje vand og nogle dyr omkring den. De køler sig ned i det klare og gennemsigtige vand. Hvordan skal jeg gå videre? Jeg har endelig fundet vand, men det er fuld af dyr. Jeg hører mit hjerte, og det fortæller mig, at alle har ret til vand. Jeg kunne ikke bare skyde dem og fratage dem det også. Naturen giver en overflod af ressourcer til dets folks overlevelse. Jeg er kun en af de tråde på nettet, den væver. Jeg er ikke bedre end det punkt, at jeg betragter mig selv som mesteren af det. Med mine hænder rækker jeg ud i vandet og hælder det i en lille gryde,

MODSATTE SIDER

som jeg medbragte hjemmefra. Den første del af udfordringen er opfyldt. Nu skal jeg finde mad.

Jeg fortsætter med at gå på stien og håber at finde noget at spise. Min mave knurrer, da det allerede er gået middag. Jeg begynder at se på siderne af stien. Måske er maden inde i skoven. Hvor ofte søger vi den nemmeste vej, men det er ikke den, der fører til succes? (Ikke alle klatrere, der følger et spor, er den første til at nå toppen af bjerget). Genveje fører dig hurtigt til dit mål. Med den tanke forlader jeg stien, og kort efter finder jeg en banan og et Palme. Det er fra dem, jeg får min mad. Jeg er nødt til at bestige dem med den samme styrke og tro, som jeg besteg bjerget af. Jeg prøver en, to, tre gange. Jeg lykkes. Jeg vil tilbage til hytten nu, fordi jeg har gennemført den første udfordring.

Den anden udfordring

Da jeg ankom til min hytte, finder jeg bjergets vogter, der ser mere strålende ud end nogensinde. Hendes øjne afviger aldrig fra mine egne. Jeg tror, at jeg er meget speciel for Gud. Jeg føler hans tilstedeværelse til enhver tid. Han genopliver mig på alle måder. Da jeg var arbejdsløs, åbnede han en dør; da jeg ikke havde nogen muligheder for at vokse professionelt, gav han mig nye veje; når han i krisetider befriede mig fra Satans bånd. Under alle omstændigheder mindede det blik på godkendelse fra den mærkelige kvinde mig om den mand, jeg var op til for nylig. Mit nuværende mål var at vinde uanset de forhindringer, jeg var nødt til at overvinde.

"Så, du vandt den første udfordring. Jeg lykønsker dig. (Udbrød kvinden). Den første udfordring havde til formål at udforske din visdom og din evne til at træffe beslutninger og dele. De to stier repræsenterer de "modsatte sider", der styrer universet (godt og ondt). Et menneske er helt frit til at vælge begge veje. Hvis man vælger stien til højre, vil man blive belyst ved hjælp af engle i alle øjeblikke af sit liv. Det var den vej, du valgte. Det er dog ikke en let vej. Ofte vil tvivl angribe dig, og du vil undre dig over, om denne vej overhovedet var det værd. Verdens mennesker vil altid være sårende og drage fordel af din gode vilje. Desuden vil den tillid, du sætter andre, næsten altid skuffe dig. Når du bliver ked af det, skal du huske: Din Gud er stærk, og han vil aldrig opgive dig. Lad aldrig rigdom eller lyst fordærve dit hjerte. Du er speciel, og på grund af din værdi betragter Gud dig som hans søn. Fald aldrig fra denne nåde. Stien til venstre tilhører alle, der gjorde oprør ved Herrens kald. Vi er alle født med en guddommelig mission. Imidlertid afviger nogle fra det med materialisme, dårlig indflydelse, hjertekorruption. De, der vælger stien til venstre, ender ikke med en behagelig fremtid, lærte Jesus os. Hvert træ, der ikke giver god frugt, vil blive rodfæstet og kastet ind i det ydre mørke. Dette er dårlige menneskers skæbne, fordi Herren er retfærdig. Den gang, du fandt vandhullet og de ynkelige dyr, talte dit hjerte højere. Lyt altid til det, så kommer du langt. Delingens gave skinnede på dig i det øjeblik, og din åndelige vækst var overraskende. Den visdom, du har hjulpet dig med at finde mad. Den nemmeste vej er ikke altid den rette at følge. Jeg tror, at du nu er klar til den anden udfordring. Om tre dage kommer du ud af din hytte og søger en kendsgerning. Handle efter din samvittighed. Hvis du består, går du videre til den tredje og sidste udfordring.

"Tak fordi du ledsagede mig hele tiden. Jeg ved ikke, hvad der venter mig i hulen, og jeg ved heller ikke, hvad der vil ske med mig. Dit bidrag er meget vigtigt for mig. Siden jeg klatrede op på bjerget, føler jeg, at mit liv har ændret sig. Jeg er mere rolig og sikker på, hvad jeg vil. Jeg afslutter den anden udfordring.

" Meget godt. Jeg vil se dig om tre dage.

Når det er sagt, forsvandt damen igen. Hun efterlod mig alene i aftenens stilhed sammen med fårekyllinger, myg og andre insekter.

Bjergets spøgelse

Nat falder over bjerget. Jeg tænder ild, og dens knitrer beroliger mit hjerte. Det er to dage siden jeg besteg bjerget, og det virker stadig som sådan en fremmed for mig. Mine tanker vandrer og lander i min

MODSATTE SIDER

barndom: Vittighederne, frygten, tragedierne. Jeg husker godt den dag, jeg klædte mig ud som en indianer: Med bue, pil og Intelligens. Nu var jeg på et bjerg, der var helligt, netop på grund af en mystisk oprindelig mands død (stammens medicinmand). Jeg er nødt til at tænke på noget andet, for frygten fryser min sjæl. Døvende lyde omgiver min hytte, og jeg aner ikke, hvad eller hvem de er. Hvordan overvinder man sin frygt ved en lejlighed som denne? Svar mig læser, fordi jeg ikke ved det. Bjerget er stadig ukendt for mig.

    Støjen bevæger sig stadig tættere på, og jeg har ingen steder at flygte. At forlade hytten ville være dumt, fordi jeg kunne blive slugt af vildtlevende dyr. Jeg bliver nødt til at se, hvad det end er. Støjen ophører, og der kommer et lys. Det gør mig endnu mere bange. Med et skynd af mod udbryder jeg:

  " I Guds navn, hvem er der?

    En stemme, med en alvorlig lyd, reagerer:

"Jeg er den modige kriger, at hulrummet ødelagt. Giv op på din drøm, ellers får du den samme skæbne. Jeg var en lille, indfødt mand fra en landsby inden for Xukuru Nation. Jeg stræbte efter at være leder af min stamme og være stærkere end løven. Så jeg kiggede på det hellige bjerg for at nå mine mål. Jeg vandt de tre udfordringer, som bjergets vogter pressede mig på. Men da jeg kom ind i hulen, blev jeg opslugt af dens ild, der knuste mit hjerte og mine mål. I dag lider min ånd og hænger håbløst fast på dette bjerg. Lyt til mig, ellers får du den samme skæbne.

    Min stemme frøs i halsen og et øjeblik kunne jeg ikke reagere på den plagede ånd. Han havde efterladt husly, mad, et varmt familiemiljø. Jeg havde to udfordringer tilbage i hulen, hulen, der kunne gøre det umulige til virkelighed. Jeg ville ikke give op let på min drøm.

    "Hør på mig, modig kriger. Hulen udfører ikke små mirakler. Hvis jeg er her, er det af en ædel grund. Jeg forestiller mig ikke materielle varer. Min drøm går ud over det. Jeg vil gerne udvikle mig professionelt og åndeligt. Kort sagt vil jeg arbejde med at gøre det, jeg nyder, tjene penge ansvarligt og bidrage med mit talent til et bedre univers. Jeg opgiver ikke min drøm så let.

Spøgelset svarede:

"Kender du hulen og dens fælder? Du er intet andet end en fattig ung mand, der ikke er opmærksom på den ekstreme fare inden for den vej, han følger. Værgen er en charlatan, der bedrager dig. Hun vil ødelægge dig.

Spøgelsets insisteren gjorde mig vred. Kendte han mig tilfældigt? Gud ville i sin barmhjertighed ikke tillade min fiasko. Gud og Jomfru Maria var altid effektivt ved min side. Beviset for dette var de forskellige optrædener af Jomfruen i hele mit liv. I "Sensorisk visning" (en bog, som jeg endnu ikke har offentliggjort) beskrives en scene, hvor jeg sidder på en bænk i en plads, fugle og vinden agiterer mig, og jeg tænker dybt over verden og livet generelt. Pludselig dukkede figuren op af en kvinde, der efter at have set mig spurgte:

" Tror du på Gud, min søn?

Jeg svarede straks:

" Bestemt og med hele mit væsen.

Straks lagde hun hånden på mit hoved og bad:

" Må herlighedens Gud tildække dig i lys og give dig mange gaver.

Når hun sagde dette, gik hun væk, og da jeg indså det, var hun ikke længere ved min side. Hun forsvandt simpelthen.

Det var Jomfruens første åbenbaring i mit liv. Igen forklædte hun sig som tigger og kom hen til mig og bad om en ændring. Hun sagde, at hun var landmand og endnu ikke var pensioneret. Jeg gav hende nogle mønter, som jeg havde i lommen. Da hun modtog pengene, takkede hun mig, og da jeg indså det, var hun forsvundet. På bjerget, i det øjeblik, havde jeg ikke den mindste tvivl om, at Gud elskede mig, og at han var ved min side. Derfor svarede jeg spøgelset med en vis uhøflighed.

"Jeg vil ikke lytte til dit råd. Jeg kender mine grænser og min tro. Gå væk! Gå hjemsøge et hus eller noget. Lad mig være i fred!

Lysene slukkede, og jeg hørte lyden af trin, der forlod hytten. Jeg var fri for spøgelset.

MODSATTE SIDER

Afgørende dag

De tre dage var gået siden den anden udfordring. Det var en fredag morgen, klar, solrig og lys. Jeg overvejede horisonten i morges, da den mærkelige kvinde nærmede sig.

"Er du klar? Se efter en usædvanlig begivenhed i skoven og handle efter dine principper. Dette er din anden test.

"Oke, i tre dage har jeg ventet på dette øjeblik. Jeg tror, at jeg er forberedt.

Hurtigt går jeg til nærmeste sti, der giver adgang til skoven. Mine skridt fulgte i en næsten musikalsk kadence. Hvad var egentlig denne anden udfordring? Angst greb mig, og mine skridt accelererede på jagt efter et ukendt mål. Lige foran kom der en rydning i stien, hvor den divergerede og adskilt. Men da jeg kom dertil, var mit Sjov til min overraskelse væk, og jeg så i stedet på følgende scene: en dreng, der blev trukket af en voksen og græd højt. Følelser tog kontrol over mig i nærvær af uretfærdighed, og derfor udbrød jeg:

" Lad drengen gå! Han er mindre end dig og kan ikke forsvare sig.

"Jeg vil ikke! Jeg behandler ham på denne måde, fordi han ikke vil arbejde.

" Dit monster! Små drenge skal ikke arbejde. De skal studere og være veluddannede. Slip ham fri!

"Hvem vil gøre mig, dig?

Jeg er fuldstændig imod vold, men i dette øjeblik bad mit hjerte mig om at reagere før dette stykke affald. Barnet skal frigives.

Forsigtigt skubbede jeg drengen væk fra den brutale og begyndte derefter at slå manden. Bastarden reagerede og gav mig et par slag. En af dem slog mig tom. Verden spundet og en stærk, gennemtrængende vind invaderede hele mit væsen: Hvide og blå skyer sammen med hurtige fugle invaderede mit sind. På et øjeblik virkede det som om hele min krop svømmede gennem himlen. En svag stemme kaldte mig langvejs fra. I et andet øjeblik var det som om jeg gik gennem døre, den ene efter den anden som forhindringer. Dørene var godt låst, og det krævede en betydelig indsats for at åbne dem. Hver dør gav skiftevis adgang til enten saloner eller helligdomme. I den første lounge fandt jeg unge mennesker klædt i hvidt, samlet omkring et bord, hvor der i midten var en åben bibel. Disse var de jomfruer, der blev valgt til at regere i den fremtidige verden. En styrke skubbede mig ud af rummet, og da jeg åbnede den anden dør, endte jeg ved det første fristed. Ved kanten af alteret brændtes røgelsespinde med anmodninger fra Brasilien fattige. På højre side bad en præst højt og begyndte pludselig at gentage: Seer! Seer! Seer! Ved siden af ham var to kvinder med hvide skjorter. På dem stod der: Mulig drøm. Alt begyndte at blive mørkere, og da jeg fik kuglelejer, blev jeg trukket voldsomt ud og med en sådan hastighed, at det efterlod mig lidt svimmel. Jeg åbnede tredje dør og fandt denne gang et møde mellem mennesker: En præst, en præst, en buddhist, en muslim, en spiritist, en jøde og en repræsentant for afrikanske religioner. De var arrangeret i en cirkel, og i midten var der en ild, og dens flammer skitserede navnet "Forening af folk og stier til Gud." Til sidst omfavnede de og kaldte mig til gruppen. Ilden flyttede fra centrum, landede på min hånd og tegnede ordet "lærlingeuddannelse." Ilden var rent lys og brændte ikke. Gruppen brød op, ilden slukkede, og igen blev jeg skubbet ud af det rum, hvor jeg åbnede den fjerde dør. Den anden helligdom var helt tom, og jeg nærmede mig alteret. Jeg knælede ærbødigt for den velsignede nadver, tog et papir, der lå på gulvet, og jeg skrev min anmodning. Jeg foldede papiret og lagde det ved fødderne af billedet. Stemmen, der var langt væk, blev efterhånden mere klar og skarp. Jeg forlod helligdommen, åbnede døren og vågnede til sidst. Ved min side var bjergets vogter.

"Så, du er vågen. Tillykke! Du vandt udfordringen. Den anden udfordring havde til formål at udforske din evne til selv og handling. De to stier, der repræsenterede "Modsatte sider", er blevet en, og det betyder, at du skal rejse på højre side uden at glemme den viden, du vil have, når du møder venstre. Din holdning reddede barnet på trods af at han ikke havde brug for det. Hele scenen var min egen mentale projektion for at evaluere dig. Du tog den rigtige tilgang. De fleste mennesker, når de står over for scener med uretfærdighed, foretrækker ikke at blande sig. Undladelse er en alvorlig synd, og personen bliver en medskyldig for gerningsmanden. Du gav af dig selv, som Jesus Kristus gjorde for os. Dette er en lektion, som du vil tage med dig hele dit liv.

"Tak fordi du lykønsker mig. Jeg vil altid handle til fordel for dem, der er blevet udelukket. Hvad der pusler mig er den åndelige oplevelse, jeg havde tidligere. Hvad betyder det? Kan du forklare mig, tak?

"Vi har alle evnen til at trænge ind i andre verdener gennem tanke. Dette er hvad der kaldes astral rejse. Der er nogle eksperter i forhold til denne sag. Hvad du så skal være relateret til din eller en anden persons fremtid, ved du aldrig.

"Jeg forstår. Jeg klatrede op på bjerget, gennemførte de to første udfordringer, og jeg må vokse åndeligt. Jeg tror, at jeg snart vil være klar til at møde fortvivlelsens hule. Hulen, der udfører mirakler og gør drømme dybere.

"Du skal udføre den tredje, og jeg vil fortælle dig, hvad det er i morgen. Vent på instruktioner.

"Ja, general. Jeg venter spændt. Dette Guds barn, som du kaldte mig, er meget sulten og vil forberede en suppe til senere. Du er inviteret, frue.

"Vidunderlig. Jeg elsker suppe. Jeg vil bruge dette til min fordel for at lære dig bedre at kende.

Den mærkelige dame gik ud og efterlod mig alene med mine tanker. Jeg ledte i skoven efter ingredienserne til suppen.

Den unge pige

Bjerget var allerede blevet mørkt, da suppen var klar. Nattens kolde vinde og lyden af insekter gør miljøet mere landligt. Den mærkelige dame er endnu ikke kommet til hytten. Jeg håber at have alt i orden, når hun ankommer. Jeg smager suppen: Den var virkelig god, selvom jeg ikke havde alle de nødvendige krydderier. Jeg træder lidt ud af hytten og overvejer himlen: Stjernerne er vidner om min indsats. Jeg gik op ad bjerget, fandt dets værge, gennemførte to udfordringer (den ene sværere end den anden), mødte et spøgelse, og jeg står stadig. "De fattige stræber mere efter deres drømme." Jeg ser på stjernernes arrangement og deres lysstyrke. Hver har sin egen betydning i det store univers, som vi lever i. Mennesker er også vigtige på samme måde. De er hvide, sorte, rige, fattige, af religion A eller religion B eller af ethvert trossystem. De er alle børn med samme far. Jeg vil også tage min plads i dette univers. Jeg er et tænkende væsen uden grænser. Jeg tror, at en drøm er uvurderlig, men jeg er villig til at betale for det for at komme ind i fortvivlelsens hule. Jeg overvejer himlen endnu en gang og går derefter tilbage til hytten. Jeg var ikke overrasket over at finde værge der.

"Har du været her længe? Jeg havde ikke forstået det.

"Du var så koncentreret i at overveje himlen, at jeg ikke ønskede at bryde øjeblikket. Derudover føler jeg mig hjemme.

"Meget godt. Sid på denne improviserede bænk, som jeg lavede. Jeg serverer suppen.

Med suppen stadig varm serverede jeg den mærkelige dame i en græskar, som jeg fandt i skoven. Vinden, der piskede om natten, kærtegnede mit ansigt og hviskede ord i mit øre. Hvem var den mærkelige dame, som jeg serverede? Jeg spekulerer på, om hun virkelig ville ødelægge mig, som spøgelset antydede. Jeg var i tvivl om hende, og dette var en fantastisk mulighed for at rydde dem.

"Er suppen god? Jeg forberedte det med stor omhu.

"Det er vidunderligt! Hvad brugte du til at forberede det?

"Den er lavet af sten. Bare for sjov! Jeg købte en fugl fra en jæger og brugte nogle naturlige krydderier fra skoven. Men når du skifter emne, hvem er du egentlig?

"Det viser god gæstfrihed for værten at tale først om sig selv. Der er gået fire dage siden du ankom her på toppen af bjerget, og jeg er ikke engang sikker på, hvad du hedder.

" Meget godt. Men det er en lang historie. Gør dig klar. Mit navn er Aldivan Teixeira Tôrres, og jeg underviser på matematik på universitetsniveau. Mine to store lidenskaber er litteratur og matematik. Jeg har altid været en elsker af bøger, og lige siden jeg var meget lille, har jeg ønsket at skrive en af mine egne. Da jeg var i mit første år på gym-

MODSATTE SIDER

nasiet, samlede jeg nogle uddrag fra Prædikeren, visdom og ordsprog. Jeg var meget glad på trods af at teksterne ikke var mine. Jeg viste alle med stor stolthed. Jeg sluttede gymnasiet, tog et computerkursus og stoppede med at studere et stykke tid. Derefter prøvede jeg et teknisk kursus på et lokalt college. Imidlertid indså jeg, at det ikke var mit felt med et tegn på skæbnen. Jeg var forberedt på en praktikplads på dette område. Men dagen før testen krævede en mærkelig kraft konstant, at jeg skulle give op. Jo mere tid der gik, jo mere pres følte jeg fra denne styrke, indtil jeg besluttede ikke at tage testen. Trykket aftog, og mit hjerte blev også beroliget. Jeg tror, det var skæbnen, der fik mig til ikke at gå. Vi skal respektere vores egne grænser. Jeg lavede en række bud, blev godkendt og har i øjeblikket rollen som administrativ assistent for uddannelse. For tre år siden modtog jeg endnu et tegn på skæbnen. Jeg havde nogle problemer, og jeg endte med at få et nervøst sammenbrud. Jeg begyndte derefter at skrive, og på kort tid hjalp det mig med at blive bedre. Resultatet var bogen "Sensorisk syn", som jeg endnu ikke har udgivet. Alt dette viste mig, at jeg var i stand til at skrive og have et værdigt erhverv. Det er det, jeg tænker: Jeg vil arbejde med det, jeg kan lide, og Jeg vil være glad. Er det for meget for en fattig person at spørge?

"Naturligvis ikke, Aldivan. Du har talent, og det er sjældent i denne verden. På det rigtige tidspunkt vil du få succes. Sejrrige er dem, der tror på deres drømme."

"Jeg tror på. Derfor er jeg her midt i ingenting, hvor civilisationens varer endnu ikke er ankommet. Jeg fandt en måde at bestige bjerget for at overvinde udfordringerne. Det eneste, der er tilbage nu, er at jeg går ind i hulen og udfører mine drømme.

"Jeg er her for at hjælpe dig. Jeg har været vogter af bjerget lige siden det blev helligt. Min mission er at hjælpe alle drømmere, der søger fortvivlelses hulen. Nogle søger at få materielle drømme til at gå i opfyldelse, såsom penge, magt, social præstation eller andre egoistiske drømme. Alle har fejlet indtil videre, og de har ikke været få. Hulen er retfærdig med dens imødekommelse af ønsker.

Samtalen fortsatte livligt i nogen tid. Jeg mistede gradvist interessen for det, da en mærkelig stemme kaldte mig ud af hytten. Hver gang denne stemme ringede til mig, følte jeg mig tvunget til at gå ud af nysgerrighed. Jeg måtte gå. Jeg ville vide, hvad den mærkelige stemme i mine tanker betød. Forsigtigt sagde jeg farvel til kvinden og gik ud i den retning, som stemmen angav. Hvad venter mig? Lad os fortsætte sammen, læser.

Natten var kold, og den insisterende stemme forblev i mit sind. Der var en slags mærkelig forbindelse mellem os. Jeg havde allerede gået et par meter uden for hytten, men det syntes at være miles af den træthed, som min krop følte. Instruktionerne, som jeg mentalt modtog, ledede mig i mørket. En blanding af træthed, frygt for det ukendte og nysgerrighed styrede mig. Hvis mærkelig stemme var dette? Hvad ville hun have med mig? Bjerget og dets hemmeligheder ... Lige siden jeg lærte bjerget at kende, har jeg lært at respektere det. Værgen og hendes mysterier, de udfordringer, som jeg måtte konfrontere, mødet med spøgelset; det hele blev specielt. Det var ikke det højeste i nordøst eller endda det mest imponerende, men det var helligt. Myterne om medicinmanden og mine drømme har ført mig til det. Jeg vil vinde alle udfordringerne, komme ind i hulen og fremsætte min anmodning. Jeg vil være en forandret mand. Jeg vil ikke længere være bare mig, men jeg vil være den mand, der overvandt hulen og dens ild. Jeg kan godt huske værgens ord for ikke at stole på for meget. Jeg husker ordene fra Jesus, der sagde:

" Den, der tror på mig, skal få evigt liv.

De involverede risici får mig ikke til at afstå fra mine drømme. Det er med denne tanke, at jeg bliver mere og mere trofast. Stemmen bliver stærkere og stærkere. Jeg tror, at jeg ankommer til min destination. Lige foran ser jeg en hytte. Stemmen fortæller mig at gå derhen.

Hytten og dens lysende bål ligger et rummeligt, fladt sted. En ung, høj, tynd pige med mørkt hår griller en slags snack på ilden.

"Så, du er ankommet. Jeg vidste, at du ville besvare mit opkald.

"Hvem er du? Hvad vil du have af mig?

MODSATTE SIDER

"Jeg er en anden drømmer, der ønsker at komme ind i hulen.

"Hvilke særlige kræfter har du til at kalde til mig med dit sind?

"Det er fjollet telepati. Kender du ikke det?

"Jeg har hørt om det. Kunne du lære mig?

"Du vil lære en dag, men ikke af mig. Fortæl mig, hvilken drøm bringer dig her?

"Inden for alt hedder jeg Aldivan. Jeg besteg bjerget i håb om at finde mine modsatte sider. De skal definere min skæbne. Når nogen er i stand til at kontrollere deres modsatte sider, vil de være i stand til at udføre mirakler. Det er hvad jeg har brug for at opnå min drøm om at arbejde i et område, som jeg nyder, og med det vil jeg få mange sjæle til at drømme. Jeg ønsker at gå ind i hulen ikke kun for mig, men for hele universet, der har givet mig disse gaver. Jeg får min plads i verden, og det er sådan, jeg vil være lykkelig.

"Jeg hedder Nadja. Jeg er indbygger på Brasilianske kyst. I mit land har jeg hørt tale om dette mirakuløse bjerg og dets hule. Straks var jeg interesseret i at rejse her, selvom jeg troede, at alt kun var en legende. Jeg samlede mine ting, forlod, ankom til Mimoso og gik op ad bjerget. Jeg ramte jackpotten. Nu hvor jeg er her, går jeg ind i hulen og vil opfylde mit ønske. Jeg vil være en stor gudinde, prydet med magt og rigdom. Alle vil tjene mig. Din drøm er bare fjollet. Hvorfor bede om lidt, hvis vi kan få verden?

"Du tager fejl. Hulen udfører ikke små mirakler. Du vil mislykkes. Værgen tillader ikke dig at komme ind. For at komme ind i hulen skal du vinde tre udfordringer. Jeg har allerede erobret to etaper. Hvor mange har du vundet?

" Hvor dumme, udfordringer og værger. Hulen respekterer kun den stærkeste og mest selvsikre. Jeg vil nå mine ønsker i morgen, og ingen vil stoppe mig, hører du?

"Du ved bedst. Når du fortryder det, bliver det for sent. Jeg antager, at jeg tager af sted. Jeg har brug for hvile, fordi det er sent. Hvad dig angår, kan jeg ikke ønske dig held og lykke i hulen, fordi du vil være større end Gud selv. Når mennesker når dette punkt, ødelægger de sig selv.

"Det er fjollet, I er alle ord. Intet får mig til at gå tilbage på min beslutning.

Da jeg så, at hun var overbevist, gav jeg op og syntes ondt af hende. Hvordan kan folk blive så smålige nogle gange? Mennesket er kun værdigt, når det kæmper for retfærdige og egalitære idealer. Når jeg gik på stien, huskede jeg de gange, jeg har fået uret, om det var ved en dårlig markeret undersøgelse eller endda fra forsømmelse fra andre. Det gør mig utilfreds. Oven på dette er min familie helt imod min drøm og tror ikke på mig. Det gør ondt. En dag vil de se grunden og se, at drømme kan være mulige. Den dag, når alt er sagt og gjort, vil jeg synge min sejr, og jeg vil ære Skaberen. Han gav mig alt og krævede kun, at jeg skulle dele mine gaver, for som Bibelen siger, skal du ikke tænde en lampe og lægge den under bordet. Sæt det snarere på toppen for alle at bifalde og blive oplyst. Stien går i stykker, og straks ser jeg hytten, der har kostet mig så meget sved at bygge. Jeg har brug for at sove, for i morgen er en anden dag, og jeg har planer for mig og for verdenen. Godnat, læsere. Indtil næste kapitel ...

Skælven

En ny dag begynder. Lys kommer frem, morgenens brise kærtegner mit hår, fugle og insekter fejrer, og vegetationen ser ud til at være genfødt. Det sker hver dag. Jeg gnider øjnene, vasker ansigtet, børster tænder og bader. Dette er min rutine inden morgenmaden. Skoven giver hverken fordele eller muligheder. Jeg er ikke vant til dette. Min mor forkælet mig til det punkt at servere mig min kaffe. Jeg spiser min morgenmad i stilhed, men noget vejer mig. Hvad bliver den tredje og sidste udfordring? Hvad sker der med mig i hulen? Der er så mange spørgsmål uden svar, det gør mig svimmel. Om morgenen skrider frem og med det også mine hjertebanken, frygt og kulderystelser. Hvem var jeg nu? Bestemt ikke det samme. Jeg gik op på et helligt bjerg og ledte efter en skæbne, som ikke engang jeg vidste om. Jeg fandt værgen og opdagede nye værdier og en verden større, end jeg nogensinde havde forestillet mig, eksisterede før. Jeg vandt to udfordringer og måtte nu kun møde den tredje. En kølig tredje udfordring, der var fjern og ukendt. Bladene omkring hytten bevæger sig lige så lidt. Jeg har lært at forstå naturen og dens signaler. Nogen nærmer sig.

"Hej! Er du der?

Jeg sprang, ændrede blikretningen og overvejede værgens mystiske figur. Hun virker lykkeligere og endda rosenrød på trods af sin tilsyneladende alder.

"Jeg er her, som du kan se. Hvilke nyheder har du bragt til mig?

"Som du ved, kommer jeg i dag til at annoncere din tredje og sidste udfordring. Det vil blive afholdt på din syvende dag her på bjerget, for det er den maksimale tid, som en dødelig kan forblive her. Det er simpelt og består af følgende: Dræb det første menneske eller dyr, som du støder på, når du forlader din hytte samme dag. Ellers har du ikke ret til at gå ind i hulen, som giver dig dine dybeste ønsker. Hvad siger du? Er det ikke let?

"Hvordan det? Dræbe? Ser jeg ud som en snigmorder?

"Det er den eneste måde for dig at komme ind i hulen. Forbered dig selv, for der er kun to dage og ...

En størrelsesorden 3,7 jordskælv på Richter-skalaen ryster hele toppen af bjerget. Skælven efterlader mig svimmel, og jeg tror, at jeg vil besvime. Flere og flere tanker kommer til at tænke. Jeg føler min styrke nedbrydning og mærker håndjern, der kraftigt fastgør mine hænder og mine fødder. På et øjeblik ser jeg mig selv som en slave, der arbejder i felter domineret af mestre. Jeg ser lænkerne, blodet og hører mine kammeraters skrig. Jeg ser kromændenes rigdom, stolthed og forræderi. Jeg ser også råben om frihed og retfærdighed for de undertrykte. Åh, hvor verden er uretfærdig! Mens nogle vinder, er andre tilbage til at rådne, glemt. Håndjernene går i stykker. Jeg er delvist fri. Jeg er stadig diskrimineret, hadet og forkert. Jeg ser stadig ondskaben hos de hvide mænd, der kalder mig "nigger". Jeg føler mig stadig ringere. Igen hører jeg skrig af klap, men nu er stemmen klar, skarp og kendt. Skælven forsvinder, og lidt efter lidt genvinder jeg bevidstheden. Nogen løfter mig op. Stadig lidt svimmel jeg udbryder:

"Hvad skete der?

Værgen kan i tårer ikke finde et svar.

"Min søn, hulen har netop ødelagt en anden sjæl. Vind venligst den tredje udfordring og besejr denne forbandelse. Universet konspirerer for din sejr.

"Jeg ved ikke, hvordan man vinder. Kun skaberens lys kan belyse mine tanker og mine handlinger. Jeg garanterer: Jeg vil ikke give op på mine drømme let.

"Jeg stoler på dig og den uddannelse, du har modtaget. Held og lykke, Guds barn! Vi ses snart!

Når det er sagt, gik den mærkelige dame væk og blev opløst i et røgpust. Nu var jeg alene og havde brug for at forberede mig til den sidste udfordring.

En dag før den sidste udfordring

Det er seks dage siden jeg gik op på bjerget. Hele denne tid med udfordringer og oplevelser har fået mig til at vokse meget. Jeg kan lettere forstå naturen, mig selv og andre. Naturen marcherer til sit eget tempo og er imod menneskers foregivelser. Vi koger skovene, forurener vandet og frigiver gasser i atmosfæren. Hvad får vi ud af det? Hvad betyder der virkelig noget for os, penge eller vores egen overlevelse? Konsekvenserne er der: global opvarmning, reduktion af flora og fauna, naturkatastrofer. Ser mennesket ikke, at det hele er hans skyld? Der er stadig tid. Der er tid til livet. Gør din del: Spar vand og energi, genbrug affald, foruren ikke miljøet. Kræv din regering at forpligte sig til miljøspørgsmål. Det er det mindste, vi kan gøre for os selv og for verdenen. Når jeg kom tilbage til mit eventyr, forstod jeg bedre mine ønsker og mine grænser, når jeg først gik op på bjerget. Jeg forstod, at drømme kun er mulige, så længe de er ædle og retfærdige. Hulen er retfærdig, og hvis jeg vinder

MODSATTE SIDER

den tredje udfordring, vil den gøre min drøm til virkelighed. Da jeg vandt den første og anden udfordring, kom jeg bedre til at forstå andres ønsker. De fleste mennesker drømmer om at have rigdom, social prestige og høje kommandoniveauer. De ser ikke længere, hvad der er bedst i livet: Professionel succes, kærlighed og lykke. Hvad der gør mennesket virkelig specielt er hans kvaliteter, der skinner gennem hans arbejde. Magt, rigdom og social orientering gør ingen glade. Dette er hvad jeg leder efter på det hellige bjerg: lykke og totalt domæne for de "modsatte kræfter." Jeg er nødt til at gå lidt ud. Trin for trin fører mine fødder mig ud af hytten, som jeg byggede. Jeg venter på et tegn på skæbnen.

Solen varmer op, vinden bliver stærkere, og der vises ikke noget tegn. Hvordan vinder jeg den tredje udfordring? Hvordan vil jeg leve med fiaskoen, hvis jeg ikke er i stand til at gennemføre min drøm? Jeg prøver at flytte de negative tanker ud af mit sind, men frygten er stærkere. Hvem var jeg før jeg klatrede op på bjerget? En ung mand, fuldstændig usikker, bange for at møde verden og dens mennesker. En ung mand, der en dag kæmpede i retten for sine rettigheder, men de blev ikke tildelt. Fremtiden har vist mig, at dette var bedst. Nogle gange vinder vi ved at tabe. Livet har lært mig det. Nogle fugle skriger omkring mig. De ser ud til at forstå min bekymring. I morgen bliver en ny dag, den syvende på toppen af bjerget. Min skæbne er i fare med denne tredje udfordring. Bed, læsere, så jeg kan vinde.

Den tredje udfordring

En ny dag vises. Temperaturen er behagelig, og himlen er blå i al sin umådeligt. Dovent rejste jeg mig og gned mine søvnige øjne. Den store dag er ankommet, og jeg er forberedt på det. Før noget skal jeg forberede min morgenmad. Med de ingredienser, som jeg formåede at finde dagen før, vil det ikke være så knappe. Jeg forbereder gryden og begynder at bryde de appetitvækkende kyllinger. Fedtet sprøjter og rammer næsten mit øje. Hvor mange gange i livet ser andre ud til at skade os med deres bekymringer. Jeg spiser min morgenmad, hviler lidt og forbereder min strategi. Den tredje udfordring ser ud til at være alt andet end let. At dræbe for mig er utænkeligt. Alligevel bliver jeg nødt til at konfrontere det. Med denne beslutning begynder jeg at gå, og snart er jeg ude af hytten. Den tredje udfordring starter her, og jeg forbereder mig på den. Jeg tager det første spor, og jeg begynder at gå. Træerne ved stien er brede med dybe rødder. Hvad leder jeg virkelig efter? Succes, sejr og præstation. Jeg vil dog ikke gøre noget, der strider mod mine principper. Mit ry går foran berømmelse, succes og magt. Den tredje udfordring generer mig. At dræbe for mig er en forbrydelse, selvom det kun er et dyr. På den anden side vil jeg gå ind i hulen og fremsætte min anmodning. Dette repræsenterer to "modsatrettede kræfter" eller "modsatte veje."

    Jeg forbliver på sporet og beder om, at jeg ikke finder noget. Hvem ved, måske vil den tredje udfordring blive afvist. Jeg tror ikke, at værgen ville være så generøs. Reglerne skal følges af alle. Jeg stopper lidt og kan ikke tro den scene, jeg ser: En ounce og dens tre unger, der boltrer sig omkring mig. Det er det. Jeg vil ikke dræbe mor til tre unger. Jeg har ikke hjertet. Farvel succes, farvel hule af fortvivlelse. Nok drømme. Jeg afsluttede ikke den tredje udfordring, og jeg rejser. Jeg vender tilbage til mit hus og til mine kære. Hurtigt går jeg tilbage til kabinen for at pakke mine tasker. Jeg afslutter ikke den tredje udfordring.

    Kabinen er revet ned. Hvad er meningen med alt dette? En hånd rører let ved min skulder. Jeg ser tilbage og jeg ser værgen.

"Mine tillykke, kære! Du har opfyldt udfordringen og har nu ret til at komme ind i fortvivlelses hulen. Du vandt!

    Den stærke omfavnelse, hun gav mig, efterlod mig endnu mere forvirret. Hvad sagde denne kvinde? Min drøm og hulen kunne trods alt findes? Jeg troede det ikke.

"Hvad mener du? Jeg afsluttede ikke den tredje udfordring. Se på mine hænder: De er rene. Jeg vil ikke plette mit navn med blod.

" Ved du det ikke? Tror du, at et Guds barn er i stand til en sådan grusomhed som den, jeg spurgte? Jeg er ikke i tvivl om, at du er værdig nok til at realisere dine drømme, selvom det kan tage et stykke tid for dem at blive virkelighed. Den tredje udfordring evaluerede dig grundigt, og du demonstrerede ubetinget kærlighed til Guds skabninger. Dette er det vigtigste for et menneske. En ting mere: Kun et rent hjerte overlever hulen. Hold dit hjerte og dine tanker rene for at overvinde det.

"Tak Gud! Tak, liv, for denne chance. Jeg lover ikke at skuffe dig.

Følelser tog fat i mig, som den aldrig før havde besteget bjerget. Var hulen virkelig i stand til at udføre mirakler? Jeg var ved at finde ud af det.

Fortvivlelsens hule

Efter at have vundet den tredje udfordring var jeg klar til at gå ind i den frygtede fortvivlelses hule, den hule, der realiserer umulige drømme. Jeg var endnu en drømmer, der skulle prøve lykken. Lige siden jeg gik op ad bjerget, var jeg ikke længere den samme. Nu var jeg selvsikker og i det vidunderlige univers, der holdt mig. Den tidligere omfavnelse, som den mærkelige kvinde gav mig, efterlod mig også mere afslappet. Nu var hun der ved min side og støttede mig på alle måder. Dette var den støtte, jeg aldrig fik fra mine kære. Min uadskillelige kuffert er under min arm. Det var tid for mig at tage farvel med bjerget og dets mysterier. Udfordringerne, værgen, spøgelset, den unge pige og selve bjerget, som syntes at være i live, de har alle hjulpet mig med at vokse. Jeg var klar til at forlade og møde den frygtede hule. Værgen er ved min side og vil ledsage mig på denne rejse til hulens indgang. Vi rejser, fordi solen allerede er på vej ned mod horisonten. Vores planer er i total harmoni. Vegetationen omkring stien, som vi har rejst, og støj fra dyr gør miljøet meget landligt. Værgens tavshed under hele løbet synes at forudsige de farer, hulen omslutter. Vi stopper lidt. Bjergets stemmer synes at ønske at sige noget til mig. Jeg benytter lejligheden til at bryde tavsheden.

"Kan jeg spørge om noget? Hvad er disse stemmer, der plager mig så meget?

"Du hører stemmer. Interessant. Det hellige bjerg har den magiske evne til at genforene alle drømmende hjerter. Du er i stand til at føle disse magiske vibrationer og fortolke dem. Vær dog ikke meget opmærksom på dem, fordi de kan føre dig til fiasko. Prøv at koncentrere dig om dine egne tanker, og deres aktivitet vil være mindre. Vær forsigtig. Hulen er i stand til at opdage dine svagheder og bruge dem mod dig.

"Jeg lover at tage mig af mig selv. Jeg ved ikke, hvad der venter mig i hulen, men jeg har tro på, at de lysende ånder vil hjælpe mig. Min skæbne står på spil og til en vis grad også for resten af verden.

"Vi har hvilet nok. Lad os fortsætte med at gå, for det varer ikke længe før solnedgang. Hulen burde være omkring en kvart kilometer herfra.

Tromlen af fodspor genoptages. En kvart kilometer adskilt min drøm fra dens realisering. Vi er på vestsiden af toppen af bjerget, hvor vinden bliver stadig stærkere. Bjerget og dets mysterier ... Jeg tror, at jeg aldrig vil vide det fuldt ud. Hvad motiverede mig til at bestige det? Løftet om at det umulige bliver muligt og min eventyrer og spejderinstinkter. I virkeligheden dræbte mig, hvad der var muligt og en hverdag. Nu følte jeg mig levende og klar til at overvinde udfordringer. Hulen nærmer sig. Jeg kan allerede se dens indgang. Det virker imponerende, men jeg er ikke modløs. En række tanker invaderer hele mit væsen. Jeg har brug for at kontrollere mine nerver. De kunne forråde mig med tiden. Værgen signaliserer at stoppe. Jeg adlyder.

"Det er det nærmeste, jeg kan komme til hulen. Lyt godt til hvad jeg vil sige, fordi jeg ikke gentager det: Inden du går ind, bed en vor Fader for din skytsengel. Det vil beskytte dig mod farerne. Når du kommer ind, skal du fortsætte med forsigtighed for ikke at falde i fælder. Efter at have rejst hulens vigtigste gangbro, en vis tid, vil du støde på tre muligheder: Lykke, fiasko og frygt. Vælg glæde. Hvis du vælger fiasko, forbliver du en fattig galning, der plejede at drømme. Hvis du vælger frygt, mister du dig selv fuldstændigt. Lykke giver adgang til yderligere to scenarier, som jeg ikke kender. Husk: Kun det rene af hjertet kan overleve hulen. Vær klog og opfyld din drøm.

"Jeg forstår. Det øjeblik, jeg har ventet på lige siden jeg gik op på bjerget, er ankommet. Tak, værge, for al din tålmodighed og iver med mig. Jeg glemmer aldrig dig eller de øjeblikke, vi har brugt sammen.

Angst tog fat i mit hjerte, da jeg sagde farvel til hende. Nu var det bare mig og hulen, en duel, der ville ændre verdens historie og også min egen. Jeg ser lige på det og henter min lommelygte fra min kuffert for at belyse stien. Jeg er klar til at komme ind. Mine ben virker frosne før denne kæmpe. Jeg er nødt til at samle kræfterne til at fortsætte på stien. Jeg er brasiliansk og giver aldrig nogensinde op. Jeg tager mine første skridt, og jeg har en lille følelse af, at nogen følger mig. Jeg tror, jeg er meget speciel for Gud. Han behandler mig som om jeg var hans søn. Mine skridt begynder at accelerere, og til sidst går jeg ind i hulen. Den indledende fascination er overvældende, men jeg skal være forsigtig på grund af fælderne. Luftfugtigheden er høj og kulden intens. Stalaktitter og stalagmitter fylder næsten overalt omkring mig. Jeg er gået omkring halvtreds meter ind, og kulderystelserne begynder at give mig gåsehud over hele min krop. Alt, hvad jeg har gennemgået, før jeg bestiger bjerget, begynder at komme til at tænke på mig: ydmygelser, uretfærdigheder og misundelse fra andre. Det ser ud til, at alle mine fjender er inden for den hule og venter på det bedste tidspunkt at angribe mig. Med et spektakulært spring overvinder jeg den første fælde. Hulens ild fortærede mig næsten. Nadja var ikke så heldig. Jeg klamrede mig til en stalaktit fra loftet, der mirakuløst udholdt min vægt, og det lykkedes mig at overleve. Jeg er nødt til at komme ned og fortsætte min rejse mod det ukendte. Mine skridt accelererer, men med forsigtighed. De fleste mennesker har travlt, har travlt med at vinde eller at fuldføre mål. Fantastisk smidighed har lige reddet mig fra en anden fælde. Utallige spyd blev kastet mod mig. En af dem kom så tæt som at ridse mig i ansigtet. Hulen vil ødelægge mig. Jeg skal være mere forsigtig fra nu af. Det er cirka en time siden jeg kom ind i hulen, og stadig er jeg ikke kommet til det punkt som værgen talte om. Jeg burde være tæt på.

Mine skridt fortsætter, fremskyndet, og mit hjerte giver et advarselsskilt. Nogle gange er vi ikke opmærksomme på de tegn, vores krop giver. Dette er når fiasko og skuffelse sker. Heldigvis er det ikke tilfældet for mig. Jeg hører en meget høj lyd komme i min retning. Jeg begynder at løbe. Om få øjeblikke indser jeg, at jeg bliver jaget af en kæmpe sten, der tumler med stor hastighed. Jeg løber et stykke tid og med en pludselig bevægelse er jeg i stand til at komme væk fra klippen og finde ly ved siden af hulen. Når stenen passerer, lukkes den forreste del af hulen, og der vises lige foran tre døre. De repræsenterer lykke, fiasko og frygt. Hvis jeg vælger fiasko, vil jeg aldrig være andet end en fattig galning, der en dag drømte om at blive forfatter. Folk har medlidenhed med mig. Hvis jeg vælger frygt, vil jeg aldrig vokse eller blive kendt af verden. Jeg kunne slå bunden ned og miste mig selv for evigt. Hvis jeg vælger lykke, fortsætter jeg med min drøm, og jeg går videre til det andet scenario.

Der er tre muligheder: En dør til højre, til venstre og en i midten. Hver af dem repræsenterer en af mulighederne: Lykke, fiasko eller frygt. Jeg er nødt til at træffe det rigtige valg. Jeg har med tiden lært at overvinde min frygt: Frygt for mørket, frygt for at være alene og frygt for det ukendte. Jeg er heller ikke bange for succes eller fremtiden. Frygt skal repræsentere døren til højre. Fejl er resultatet af dårlig planlægning. Jeg har fejlet et par gange, men det har ikke fået mig til at opgive mine mål. Fejl skal tjene som en lektion for en senere sejr. Fejl skal repræsentere døren til venstre. Endelig skal den midterste dør repræsentere lykke, fordi de retfærdige hverken vender sig mod højre eller venstre. Retfærdighed er altid lykkelig. Jeg samler mine kræfter, og jeg vælger døren i midten. Når jeg åbner den, har jeg god adgang til en lounge og på taget, står navnet Lykke. I midten er en nøgle, der giver adgang til en anden dør. Jeg havde virkelig ret. Jeg gennemførte det første trin. Det efterlader mig to mere. Jeg får nøglen og prøver den i døren. Det passer perfekt. Jeg åbner døren. Det giver mig adgang til et nyt galleri. Jeg begynder at gå ned ad den. En lang række tanker oversvømmer mit sind: Hvad vil de nye fælder være, som jeg skal møde? Hvilken slags scenario vil dette galleri føre mig til? Der er mange ubesvarede spørgsmål. Jeg fortsætter med at gå, og vejrtrækningen bliver anstrengt, fordi luften bliver mere og mere knappe. Jeg har allerede gået omkring en tiendedel kilometer, og jeg skal forblive opmærksom. Jeg hører en lyd og falder til jorden for at beskytte mig selv. Det er støj fra små flagermus, der skyder omkring mig. Vil de suge mit blod? Er de kødædere? Heldigvis for mig forsvinder de ud i det store galleri. Jeg ser et ansigt og min krop ryster Er det et spøgelse? Nej. Det er kød og blod, og det kommer mod mig, klar til at kæmpe. Det er en af præstens ninjaer i hulen. Kampen begynder. Han er meget hurtig og prøver at slå mig et afgørende sted. Jeg prøver at undslippe hans angreb. Jeg kæmper tilbage med nogle bevægelser, som jeg lærte at se film. Strategien fungerer. Det skræmmer ham, og han bevæger sig lidt tilbage. Han slår tilbage med sin kampsport, men jeg er forberedt på det. Jeg slog ham i hovedet med en sten, jeg tog op i hulen. Han falder bevidstløs. Jeg er fuldstændig modstander af vold, men i dette tilfælde var det strengt nødvendigt. Jeg vil gerne gå til det andet scenarie og opdage hulens hemmeligheder. Jeg begynder at gå igen, og jeg er opmærksom og beskytter mig mod nye fælder. Når luftfugtigheden er lav, blæser vinden, og jeg bliver mere komfortabel. Jeg mærker strømmen af positive tanker sendt af Guardian. Hulen mørkner endnu mere og transformerer sig selv. En virtuel labyrint viser sig lige frem. En anden af hulens fælder. Indgangen til labyrinten er perfekt synlig. Men hvor er udgangen? Hvordan går jeg ind og går ikke vild? Jeg har kun en mulighed: Kryds labyrinten og tag risikoen. Jeg bygger mit mod og begynder at tage de første skridt mod indgangen til labyrinten. Bed, læser, at jeg finder udgangen. Jeg har ingen strategi i tankerne. Jeg synes, jeg skulle bruge min viden til at få mig ud af dette rod. Med mod og tro dykker jeg ned i labyrinten. Det virker mere forvirrende indefra end ude. Dens vægge er brede og bliver i zigzags. Jeg begynder at huske de øjeblikke i livet, hvor jeg befandt mig tabt som i en labyrint. Min fars, så unges død, var et rigtigt slag i mit liv. Den tid, jeg tilbragte arbejdsløs og ikke studerede, fik mig også til at føle mig tabt som om jeg var i en labyrint. Jeg var nu i samme situation. Jeg fortsætter med at gå, og der synes ikke at være nogen ende på labyrinten. Har du nogensinde følt dig desperat? Sådan følte jeg mig helt desperat. Dette er grunden til, at det har navnet fortvivlelses hulen. Jeg samler min sidste smule styrke og rejser mig. Jeg er nødt til at finde vej ud for enhver pris. En sidste idé rammer mig; Jeg ser op til loftet og ser mange flagermus. Jeg vil følge en af dem. Jeg kalder ham "troldmand". En guide ville være i stand til at erobre en labyrint. Dette er hvad jeg har brug for. Flagermusen flyver med stor hastighed, og jeg skal følge med. Det er godt, at jeg er fysisk fit, næsten en atlet. Jeg ser lyset ved enden af tunnelen, eller bedre endnu, i slutningen af labyrinten. Jeg er reddet.

Enden på labyrinten har ført mig til en underlig scene i galleriet i hulen. Et rum lavet af spejle. Jeg går forsigtigt rundt af frygt for at bryde noget. Jeg ser min refleksion i spejlet. Hvem er jeg nu? En fattig ung drømmer ved at opdage sin skæbne. Jeg ser særlig bekymret ud. Hvad betyder alt dette? Væggene, loftet, gulvet alt består af glas. Jeg rører ved overfladen af et spejl. Materialet er så skrøbeligt, men afspejler trofast aspektet af ens selv. På et øjeblik vises forskellige billeder i tre af spejlene, et barn, en ung person, der holder en kiste og en gammel mand. De er alle mig. Er det en vision? Virkelig, jeg har barnlige aspekter som renhed, uskyld og tro på mennesker. Jeg tror ikke, at jeg vil slippe af med disse kvaliteter. Den unge mand på femten repræsenterer en smertefuld fase i mit liv: tabet af min far. På trods af hans stive og afsides måde var han min far. Jeg husker ham stadig med nostalgi. Den ældre mand repræsenterer min fremtid. Hvordan vil det være? Vil jeg få succes? Gift, enlig eller endda enke? Jeg vil ikke være en oprørsk eller såret gammel mand. Nok med disse billeder. Min gave er nu. Jeg er en ung mand på 26, med en grad i matematik, en forfatter. Jeg er ikke 15 år længere, da jeg mistede min far. Jeg er heller ikke en gammel mand. Jeg har min fremtid foran mig, og jeg vil være lykkelig. Jeg er ikke nogen af disse tre billeder. Jeg er mig selv. Med en indvirkning bryder de tre spejle, hvor individerne dukkede op, op og en dør vises. Det er min indtræden i det tredje og sidste scenario.

Jeg åbner døren, der giver adgang til et nyt galleri. Hvad venter mig i det tredje scenario? Lad os sammen fortsætte, læser. Jeg begynder at gå, og mit hjerte accelererer, som om jeg stadig var i den første scene. Jeg har overvundet mange udfordringer og faldgruber og betragter mig selv allerede som en vinder. I mine tanker søger jeg minderne fra fortiden, da jeg spillede i små huler. Situationen nu er en helt anden. Hulen er enorm og fuld af fælder. Min lommelygte er næsten død. Jeg fortsætter med at gå og lige frem kommer en ny fælde: To døre. De "modsatte kræfter" råber i mig. Det er nødvendigt at træffe et nyt valg. En af udfordringerne kommer til at tænke på mig, og jeg husker, hvordan jeg havde modet til at overvinde det. Jeg valgte stien til højre. Situationen er dog en anden, fordi jeg er inde i en mørk, fugtig hule. Jeg har taget mit valg, men begynder også at huske ordene fra værgen, der talte om læring. Jeg er nødt til at lære de to kræfter at kende for at have total kontrol over dem. Jeg vælger døren til venstre. Jeg åbner den langsomt; bange for, hvad det kan skjule. Når jeg åbner den, overvejer jeg en vision: Jeg er inde i en helligdom, fyldt med billeder af helgener med et bæger på alteret. Kunne det være den hellige gral, Kristi bæger, der giver evig ungdom til dem, der drikker af det? Mine ben ryster. Impulsivt løber jeg mod bægeret og begynder at drikke af det. Vinen smager himmelsk af guderne. Jeg føler mig svimmel, verden snurrer, englene synger og hulegrunden ryster. Jeg har min første vision: Jeg ser en jøde ved navn Jesus sammen med sine apostle helbrede, befri og lære nye perspektiver til sit folk. Jeg ser hele banen for hans mirakler og hans kærlighed. Jeg ser også forræderiet mod Judas og Djævelen handler bag hans ryg. Endelig ser jeg hans opstandelse og herlighed. Jeg hører en stemme, der siger til mig: Lav din anmodning. Rungende af glæde udbryder jeg: Jeg vil blive seeren!

Miraklet

Kort efter min anmodning ryster helligdommen, fyldes med røg, og jeg kan høre ændrede stemmer. Hvad de afslører, er helt hemmeligt. En lille ild stiger op fra bægeret og lander i min hånd. Dens lys trænger ind og oplyser hele hulen. Hulens vægge forvandles og giver plads til en lille dør, der vises. Det åbner, og en stærk vind begynder at skubbe mig til det. Alle mine bestræbelser kommer til at tænke på mig: Min dedikation til at studere, den måde, jeg perfekt har fulgt Guds love, opstigningen af bjerget, udfordringerne og endda netop denne passage ind i hulen. Alt dette har bragt mig en forbløffende åndelig vækst. Jeg var nu parat til at være lykkelig og opfylde mine drømme. Den meget frygtede hule af fortvivlelse havde tvunget mig til at stille min anmodning. Jeg kan også huske i dette sublise øjeblik alle dem, der har bidraget til min sejr direkte eller indirekte: Min folkeskolelærer, fru Socorro, som lærte mig at læse og skrive, mine lærere i livet, min skole" og arbejdsvenner, min familie og værgen, der hjalp mig med at overvinde udfordringerne og netop denne hule. Den stærke vind skubber mig hele tiden mod døren, og snart er jeg inde i det hemmelige kammer.

Den kraft, der skubbede mig, ophører endelig. Døren lukker. Jeg er i et ekstremt stort kammer, der er højt og mørkt. På højre side er en maske, et lys og en bibel. Til venstre er en kappe, en billet og et krucifiks. I midten, højt op, er et interessant cirkulært apparat lavet af jern. Jeg går mod højre side: Jeg tager masken på, tager fat i lyset og åbner Bibelen for en tilfældig side. Jeg går mod venstre side: Jeg tager kappen på, skriver mit navn og alias på billetten og fastgør krucifikset med den anden hånd. Jeg går mod midten og placerer mig lige under apparatet. Jeg siger de fire magiske bogstaver: Seer. Umiddelbart udsendes en cirkel af lys fra enheden og omslutter mig fuldstændigt. Jeg lugter røgelsen, der brændes hver dag til minde om de store drømmere: Martin Luther King, Nelson Mandela, Moder Teresa, Frans af Assisi og Jesus Kristus. Min krop vibrerer og begynder at flyde. Mine sanser begynder at blive vækket, og med dem er jeg i stand til at genkende følelser og intentioner dybere. Mine gaver styrkes, og med dem er jeg i stand til at udføre mirakler i tid og rum. Cirklen lukkes i stigende grad, og enhver følelse af skyld, intolerance og frygt slettes fra mit sind. Jeg er næsten klar: En række visioner begynder at dukke op og forvirre mig. Endelig går cirklen ud. På et øjeblik åbnes en række døre, og med mine nye gaver kan jeg se, føle og høre perfekt. Skrigene fra tegn, der ønsker at manifestere sig, forskellige tidspunkter og steder begynder at dukke op, og vigtige spørgsmål begynder at korrodere mit hjerte. Udfordringen med at blive klar er blevet lanceret.

Forlader hulen

Med alt opnået, var alt, hvad der var tilbage nu for mig at forlade hulen og gøre min sande rejse. Min drøm blev givet, og nu bare brug for at blive sat til at arbejde. Jeg begynder at gå, og med lidt tid efterlader jeg det hemmelige kammer. Jeg føler, at intet andet menneske nogensinde vil have fornøjelsen af at komme ind i det. Fortvivlelsens hule bliver aldrig den samme igen, når jeg forlader sejrende, selvsikker og glad. Jeg vender tilbage til det tredje scenarie: Billederne af de hellige forbliver intakte og synes at være tilfredse med min sejr. Koppen er faldet over og er tør. Vinen var lækker. Jeg arbejder mig roligt omkring det tredje scenarie og føler atmosfæren på stedet. Det er virkelig lige så helligt som hulen og bjerget. Jeg råber af glæde og ekko produceret strækker sig over hulen. Verden vil ikke længere være den samme efter Seer. Jeg stopper, tænker og overvejer mig selv på alle måder. Med en endelig farvelkys, forlader jeg det tredje scenario, og jeg vender tilbage til den samme dør til venstre, som jeg valgte. Sti Seer vil ikke være en let en, fordi det vil være udfordrende at fuldt ud at kontrollere de modsatte kræfter i hjertet og derefter at skulle undervise andre. Stien til venstre, som var min mulighed, repræsenterer viden og kontinuerlig læring, hvad enten det er med skjulte kræfter, omvendelse eller selve døden. Turen bliver udtømmende, da hulen er omfattende, mørk og meget fugtig. Udfordringen for Seer kan være større, end jeg er klar over: Udfordringen med at forene hjerter, liv og følelser. Det er ikke alt: Jeg har endnu ikke taget mig af min egen vej. Galleriet bliver smal og med det så gør mine tanker. Mine følelser af hjemve bølge, samt nostalgi for matematik og mit eget personlige liv. Endelig kommer nostalgi af mig selv. Jeg fremskynder mine skridt, og snart er jeg i det andet scenario. Brudte spejle repræsenterer nu de dele af mit sind, der blev bevaret og udvidet: de gode følelser, dyder, gaver og evnen til at genkende, når jeg har begået en fejl. Scenariet med spejle er en afspejling af min egen sjæl. Denne selverkendelse vil jeg tage med mig hele mit liv. Stadig gemt i min hukommelse er tallene for barnet, den unge femten år gamle og den ældre mand. De er tre af mine mange ansigter, som jeg bevarer, fordi de er min egen historie. Jeg forlader det andet scenarie, og med det forlader jeg mine minder. Jeg er i tilhørerlogen, der fører til det første scenario. Mine forventninger til fremtiden og mit håb er fornyet. Jeg er Seer, et udviklet og specielt væsen, bestemt til at gøre mange sjæle drøm. Perioden efter hulen vil tjene som uddannelse og forbedring af allerede eksisterende færdigheder. Jeg går lidt længere og får et glimt af labyrinten. Denne udfordring har næsten ødelagt mig. Min frelse var Troldmanden, flagermusen, der hjalp mig med at finde udgangen. Nu har jeg ikke brug for ham længere, fordi med mine clairvoyante kræfter kan jeg nemt passere forbi ham. Jeg har vejledningsgaven i fem fly. Hvor ofte føler vi, at vi var faret vild i en labyrint: Når vi mister arbejdspladser; Når vi er skuffede over vores livs store kærlighed; Når vi trodser vores overordnedes autoritet; Når vi mister håbet og evnen til at drømme; Når vi holder op med at være lære i livet, og når vi mister evnen til at lede vores egen skæbne. Husk: Universet prædisponerer den person, men det er os, der er nødt til at gå efter det og bevise, at vi er værdige. Det er, hvad jeg gjorde. Jeg gik op ad bjerget, udførte tre udfordringer, kom ind i hulen, besejrede sine fælder, og jeg nåede min destination. Jeg kommer igennem labyrinten, og det gør mig ikke så glad, da jeg allerede vandt udfordringen. Jeg agter at søge nye horisonter. Jeg har gået omkring to miles mellem det hemmelige kammer, det andet og det tredje scenario, og med denne erkendelse jeg føler mig lidt træt. Jeg føler sved siver ned; Jeg kan også mærke lufttrykket og lav luftfugtigheden. Jeg nærmer mig ninjaen, min store modstander. Han virker stadig slået ud. Jeg er ked af, at jeg behandlede dig sådan, men min drøm, mit håb og min skæbne var på spil. Man er nødt til at træffe vigtige beslutninger i vigtige situationer. Frygt, skam og moral kommer kun i vejen i stedet for at hjælpe. Jeg kærtegner hans ansigt, og jeg forsøger at genoprette livet i hans krop.

MODSATTE SIDER

Jeg handler på denne måde, fordi vi ikke længere er modstandere, men ledsagere af denne episode. Han rejser og med en dyb bue han lykønsker mig. Alt blev efterladt: Kampen, vores "modsatrettede kræfter", vores forskellige sprog og vores forskellige mål. Vi lever i en anden situation end den foregående. Vi kan tale, forstå hinanden, og hvem ved, måske endda være venner. Således følgende ordsprog: Gør din fjende en glødende og trofast ven. Endelig omfavner han mig, siger farvel og ønsker mig held og lykke. Jeg gengælder. Han vil fortsætte med at udgøre en del af mysteriet om hulen, og jeg vil udgøre en del af mysteriet om livet og verden. Vi er "modsatrettede kræfter", der har fundet hinanden. Dette er mit mål i denne bog: at genforene de "modsatrettede kræfter." Jeg bliver ved med at gå i galleriet, der giver adgang til det første scenarie.

Genforeningen med værgen

Jeg er ude af hulen. Himlen er blå, solen er stærk og vinden er nordvest. Jeg begynder at overveje hele verden udenfor og forstå, hvor smukt og omfattende universet virkelig er. Jeg har lyst til en vigtig del af det, fordi jeg gik op ad bjerget, jeg udførte de tre udfordringer, blev testet af hulen og vandt. Jeg føler mig også forvandlet på alle måder, for i dag er jeg ikke længere kun en drømmer, men en visionær, velsignet med gaver. Hulen har virkelig udført et mirakel. Mirakler sker hver dag, men vi er ikke klar over det. En broderlig gestus, regnen, der genopliver livet, almisse, tillid, fødsel, ægte kærlighed, et kompliment, det uventede, tro, der flytter bjerge, held og skæbne; det hele repræsenterer det mirakel, der er livet. Livet er virkelig generøst.

Jeg fortsætter med at overveje det udvendige, fuldstændig i ærefrygt. Jeg er forbundet med universet og det til mig. Vi er en med de samme mål, håb og tro. Jeg er så koncentreret, at lidt bemærker jeg, når en lille hånd rører ved min krop. Jeg forbliver i min særlige og unikke åndelige erindring, indtil en let ubalance forårsaget af nogen slår mig ud af min akse. Jeg vender mig til spørgsmål, og jeg ser en dreng og værgen.

Jeg tror, de har været ved min side i et stykke tid, og jeg var ikke klar over det.

"Så, du overlevede hulen. Tillykke! Jeg håbede du ville. Blandt alle de krigere, der allerede forsøgte at komme ind i hulen og realisere deres drømme, var du den mest dygtige. Du skal dog vide, at hulen kun er et trin blandt mange, som du vil møde i livet. Viden er, hvad der vil give dig ægte magt, og det er noget, som ingen vil være i stand til at tage fra dig. Udfordringen er lanceret. Jeg er her for at hjælpe dig. Se her, jeg bragte dig dette barn til at ledsage dig på din sande rejse. Han vil være til stor hjælp. Din mission er at genforene de "modstående kræfter" og få dem til at bære frugt på et andet tidspunkt. Nogen har brug for din hjælp, og derfor sender jeg dig.

"Tak skal du have. Hulen gjorde virkelig min drøm til virkelighed. Nu er jeg Seeren og er klar til nye udfordringer. Hvad er denne sande rejse? Hvem er denne person, der har brug for min hjælp? Hvad sker der med mig?

"Spørgsmål, spørgsmål, min kære. Jeg vil svare på en af dem. Med dine nye kræfter vil du tage en tur tilbage i tiden for at fordreje uretfærdigheder og hjælpe nogen med at finde sig selv. Resten vil du opdage selv. Du har nøjagtigt tredive dage til at udføre denne mission. Spild ikke din tid.

"Jeg forstår. Hvornår kan jeg gå?
"I dag. Tiden presser.

Når det er sagt, overleverede værgen mig barnet og sagde farvel i mindelighed. Hvad venter mig på denne rejse? Kan det være, at seeren virkelig er i stand til at løse uretfærdigheder? Jeg tror, at alle mine kræfter er nødvendige for at klare mig godt på denne rejse.

Sig farvel til bjerget

Bjerget ånder en luft af ro og fred. Siden jeg kom her, har jeg lært at respektere det. Jeg tror, at dette også hjalp mig med at skalere det, overvinde udfordringerne og komme ind i hulen. Det var virkelig helligt. Det blev sådan på grund af døden af en mystisk shaman, der lavede en underlig pagt med universets kræfter. Han lovede at give sit liv i bytte for at genoprette freden i sin stamme. I århundreder dominerede Xukuru regionen. På det tidspunkt var deres stammer i krig på grund af tryllekunstner fra den nordlige Kualopu-stamme. Han længtes efter magt og total kontrol over stammerne. Deres planer omfattede også verdensherredømme med deres mørke kunst. Således begyndte krigen. Den sydlige stamme gengældte angrebene, og døden begyndte. Hele Xukuru nationen er blevet truet af udryddelse. Derefter genforenede sydens shaman sine styrker og indgik pagten. Den sydlige stamme vandt striden, guiden blev dræbt, shamanen betalte prisen for sin pagt, og freden blev genoprettet. Siden da er bjerget Ororubá blevet helligt.

Jeg er stadig ved kanten af hulen og analyserer situationen. Jeg har en mission at udføre og en dreng at passe, selvom jeg ikke selv er far endnu. Jeg analyserer drengen fra top til tå og straks indser jeg det. Han er det samme barn, som jeg forsøgte at redde fra kløerne på den grusomme mand. Det ser ud til, at han er stum, fordi jeg endnu ikke har hørt ham tale. Jeg prøver at bryde stilheden.

"Søn, er dine forældre enige om at lade dig rejse med mig? Se, jeg tager kun dig, hvis det er strengt nødvendigt.

"Jeg har ikke en familie. Min mor døde for tre år siden. Derefter tog min far sig af mig. Imidlertid blev jeg misbrugt så meget, at jeg besluttede at flygte. Værgen tager sig af mig nu. Husk hvad hun sagde: Du har brug for mig på denne rejse.

"Undskyld. Fortæl mig: Hvordan mishandlede din far dig?

"Han fik mig til at arbejde tolv timer om dagen. Måltider var knappe. Jeg fik ikke lov til at spille, studere eller endda have venner. Han slog mig ofte. Derudover gav han mig aldrig nogen form for kærlighed, som en far skulle give. Så jeg besluttede at løbe væk.

"Jeg forstår din beslutning. På trods af at du er barn, er du meget klog. Du vil ikke lide mere med denne far af et monster. Jeg lover at passe godt på dig på denne rejse.

"Tag dig af mig? Det tvivler jeg på.

"Hvad hedder du?

"Renato. Det var det navn, som værgen valgte for mig. Før havde jeg ikke noget navn eller nogen rettigheder. Hvad er dit?

"Aldivan. Men du kan kalde mig Guds syn eller barn.

"Okay. Hvornår skal vi afsted, seer?

"Snart. Nu skal jeg sige farvel til bjerget.

Med en gest sendte jeg et signal, så Renato ville følge mig. Jeg ville cirkulere gennem alle stier og bjergkroge, inden jeg rejste til en ukendt destination.

En rejse tilbage i tiden

Jeg har lige sagt farvel til bjerget. Det var vigtigt i min åndelige vækst og bidrog til min viden. Jeg vil have gode minder om det: Dens hyggelige top, hvor jeg gennemførte udfordringerne, mødte værgen og også hvor jeg kom ind i hulen. Jeg kan ikke glemme spøgelset, den unge pige eller barnet, der nu ledsager mig. De var vigtige i hele processen, fordi de fik mig til at reflektere og kritisere mig selv. De bidrog til min viden om verden. Nu var jeg klar til en ny udfordring. Bjergets tid er forbi, hulen er også, og nu rejser jeg tilbage i tiden. Hvad venter mig? Vil jeg have mange eventyr? Det vil tiden vise. Jeg er ved at forlade toppen af bjerget. Jeg tager mine forventninger med mig, posen, mine ejendele og drengen, der ikke vil give slip på mig. Ovenfra ser jeg gaden og dens indhold i landsbyen Mimoso. Det ser lille ud, men det er vigtigt for mig, for det var her, jeg gik op på bjerget, vandt udfordringerne, gik ind i hulen og mødte værgen, spøgelset, den unge pige og drengen. Alt dette var vigtigt for, at jeg kunne blive seer. Seeren, den person, der var i stand til at forstå de mest forvirrede hjerter og overskride tid og afstand for at hjælpe andre. Beslutningen blev taget. Jeg ville gå.

Jeg tager barnets arm fast og begynder at koncentrere mig. En kold vind rammer, solen varmer lidt op og bjergets stemmer begynder at virke. Derefter hører jeg en svag stemme, der kalder på hjælp. Jeg fokuserer på denne stemme og begynder at bruge mine kræfter til at

MODSATTE SIDER

prøve at finde den. Det er den samme stemme, som jeg hørte i fortvivlelses hulen. Det er en kvindes stemme. Jeg er i stand til at skabe en cirkel af lys omkring mig for at beskytte os mod virkningerne af at rejse gennem tiden. Jeg begynder at accelerere vores hastighed. Vi er nødt til at opnå lysets hastighed for at bryde igennem tidsbarrieren. Lufttrykket stiger lidt efter lidt. Jeg føler mig svimmel, tabt og forvirret. I et øjeblik overtræder jeg verdener og fly parallelt med vores egne. Jeg ser uretfærdige samfund og tyranner som i vores egne. Jeg ser åndernes verden og observerer, hvordan de fungerer i den perfekte planlægning af vores verden. Jeg ser ild, lys, mørke og gardiner af røg. I mellemtiden accelererer vores hastighed endnu mere. Vi er tæt på at overskride lysets hastighed. Verden vender sig og et øjeblik ser jeg mig selv i et gammelt kinesisk imperium, der arbejder på en gård. Et andet sekund passerer, og jeg er i Japan og serverer snacks til kejseren. Jeg bevæger mig hurtigt, og jeg er i et ritual i Afrika i en Gud tilbedelse session. Jeg fortsætter med at genopleve liv kontinuerligt i min hukommelse. Hastigheden stiger endnu mere, og i et kort øjeblik har vi nået ekstase. Verden holder op med at rotere, cirklen løsner sig, og vi falder til jorden. Rejsen tilbage i tiden var afsluttet.

Ende

www.ingramcontent.com/pod-product-compliance
Lightning Source LLC
LaVergne TN
LVHW020445080526
838202LV00055B/5342